VENTE
Des Lundi 27 et Mardi 28 Mars 1911
HOTEL DROUOT, SALLE N° 7
A DEUX HEURES

EXPOSITION PUBLIQUE
Le Dimanche 26 Mars de 2 h. à 6 h.

TABLEAUX

ANCIENS ET MODERNES

Aquarelles — Dessins — Gravures

OBJETS D'ART

PORCELAINES — BRONZES — OBJETS DE VITRINE

TAPIS

COMMISSAIRE-PRISEUR
Me F. LAIR-DUBREUIL

EXPERTS
MM. PAULME & B. LASQUIN Fils

CATALOGUE

DES

TABLEAUX ANCIENS ET MODERNES

Par, ou attribués à :

H. BARNAIN, BÉNARD, BERGHEM, F. BOUCHER, JULES BRETON, CH. CHAPLIN, CLÉRISSEAU, J. CORNU, DEMARNE, J. FAVEROT, FORTUNY, E. FROMENTIN, GRUN, HAUTEL, JACQUEMIN, E. LAVIEILLE, LUTHERBURG, LUYSTRIAN, A. MARIE, CH. MAURIN, W. VAN MIÉRIS, MORETH, PALAMEDES, PINARD, PINEHART, POEL, REYNOLDS, A. SÉNÈS, SOUSSELIER-CHAUMET, THOMSON, VALLIN, WEBER, VILLA, ETC.

Et des Écoles

ANGLAISE, ESPAGNOLE, FLAMANDE, FRANÇAISE, HOLLANDAISE, ITALIENNE.

OBJETS D'ART ET D'AMEUBLEMENT

ANCIENS ET MODERNES

FAIENCES ET PORCELAINES ANCIENNES

OBJETS DE VITRINE — ARGENTERIE

Du XVIIIe siècle et du Premier Empire

ÉVENTAILS, BOITES, MONTRES ET ÉTUIS

en or et argent

OBJETS DIVERS — SCULPTURES — ARMES

BRONZES ET MEUBLES

TAPIS

DONT LA VENTE AURA LIEU A PARIS

HOTEL DROUOT, SALLE N° 7

Les Lundi 27 et Mardi 28 Mars 1911

à deux heures

COMMISSAIRE-PRISEUR	EXPERTS
Me F. LAIR-DUBREUIL	**MM. PAULME & B. LASQUIN fils**
6, rue Favart	**10, rue Chauchat | 11, rue de la Grange-Batelière**

Chez lesquels se distribue le présent Catalogue

EXPOSITION PUBLIQUE

Le Dimanche 26 Mars 1911, salle n° 7, de 2 h. à 6 h.

CONDITIONS DE LA VENTE

Elle sera faite au comptant.

Les adjudicataires paieront *dix pour cent* en sus des enchères.

L'exposition mettant le public à même de se rendre compte de l'état et de la nature des objets, aucune réclamation ne sera admise une fois l'adjudication prononcée.

Paris. — Imp. de l'Art, Ch. Berger, 41, rue de la Victoire.

DÉSIGNATION

TABLEAUX

GRAVURES, DESSINS

AQUARELLES

ANCIENS ET MODERNES

1 — Photographie encadrée de la gravure représentant l'hémicycle de l'École des Beaux-Arts, d'après Paul Delaroche.

2 — Divers. Lot d'environ cent pièces : gravures et lithographies anciennes et modernes.

3 — Divers. Maître Wolframb et autre. Deux lithographies encadrées.

4 — Divers. Une peinture et sept lithographies ou gravures modernes.

5 — Divers. Lot de dix pièces : quatre dessins, une aquarelle, une peinture italienne et quatre gravures.

6 — Divers. Une peinture, petite marine, une aquarelle signée *Le Chengier* : paysage avec moulin, et deux gravures sous verre : « Vigilance » et « la Promenade. »

7 — Divers. Christ en croix. Peinture sur carton.

8 — Divers. Deux petites peintures encadrées : Fumeur et Paysage, et une gravure coloriée : le Bal paré à Versailles.

9 — Divers. L'Hémicycle du Palais des Beaux-Arts. Très grande gravure encadrée, d'après Paul Delaroche.

10 — Divers. Sujets de courses. Deux gravures anglaises, marouflées sur toile et vernies.

11 — Divers. Marie-Antoinette. Gravure en couleur moderne, et l'Amour réduit à la raison. Le cruel rit des pleurs qu'il fait verser. Deux gravures imprimées en noir par Prudhomme.

12 — Divers. Deux dessins à la sanguine sous verre. Cadres dorés.

13 — DIVERS. Lot de sept dessins modernes, encadrés. RAPHAELLI, WILLETTE et AUTRE.

14 — DIVERS. Deux très petites peintures : paysage peint sur cuivre rond et Vierge allaitant l'Enfant Jésus, et une aquarelle ovale sur verre.

15 — DIVERS. Bord de rivière avec pêcheur et vue de ville normande. Deux peintures sur toile.

16 — DIVERS. Portraits de femme. Deux pastels dont un ovale.

17 DIVERS. Vingt-cinq pièces : gouaches, dessins, gravures, vues d'Italie et autres, et une peinture à l'huile sur carton : paysage.

18 — DIVERS. Paysages montagneux. Aquarelle signée : *Ch. Palianti*, et une gouache de l'École française.

19 — DIVERS. Cheval blanc cabré. Toile.

20 — DIVERS. Vieillard, guerrier et femme. Enfant dans le berceau. Jeune femme courroucée par l'Amour. Trois toiles.

21 — DIVERS. Trois peintures : paysages avec charrette et groupe galant, une nature morte et un dessin : scène militaire, signé *Raynaut.*

22 — Cinq chromolithographies relatives au siège de Paris.

23 — Une grande lithographie : Charles IX.

24 — Six lithographies : Vues de Bordeaux.

25 — École moderne. Barque poussée sur des récifs. Aquarelle.

26 — Ecole moderne. Château à tourelles. Toile.

27 — École moderne. Paysage : Ferme dans un bois. Toile.

28 — École moderne. Deux paysages. Aquarelles, signées : *Ista*. Deux vues de Montmartre. Pastels signés : *Valens*.

29 — École moderne. Enfant sur un cheval, et l'Orage. Deux panneaux.

30 — École moderne. Paysage avec rivière.

31 — École moderne. Nymphes et amours. Toile. Signature illisible.

32 — Ecole moderne. Intérieur d'Église et sujet à trois personnages. Deux peintures sur panneaux.

33 — École moderne. Paysage, eflet de neige. Toile. Signée : *J.-B.* Datée : *1870*.

34 — École moderne. L'Enfant et le buste. Toile. Signée : *Bouton*.

35 — École moderne. Paysage suisse. Toile. Signée : *K. G.*

36 — École moderne. Paysage montagneux avec torrent. Toile.

37 — École moderne. Scène espagnole au XVIIIe siècle. Petit panneau.

38 — École moderne. Jeune couple dans les blés. Petite toile.

39 — École moderne. Dix peintures diverses. Panneaux et toiles.

40 — École moderne. Nymphe dans un paysage. Panneau.

41 — École anglaise. Cavalier en armure dans un paysage. Toile. Cadre Louis XIII en bois sculpté doré.

42 — École anglaise. Portrait d'homme, les cheveux blonds, en habit noir à haut col de velours. Toile.

43 — École espagnole (xviie siècle). Christ en croix. Peinture sur cuivre. Cadre ancien.

44 — École flamande (xviie siècle). Le Sacrifice d'Abraham. Panneau.

45 — École flamande. Ermite en prière. Deux pendants. Peint sur carton.

46 — Ecole flamande. Adoration des bergers. Panneau.

47 — École flamande. Petit paysage avec chasse au cerf. Panneau.

48 — École flamande. Paysage avec cavaliers et chiens chassant. Panneau avec baguette, bois sculpté doré Louis XIV.

49 — École française. Le Déjeuner à l'auberge. Dessin rehaussé de blanc.

50 — École française. Paysage avec monument et figure. Dessin.

51 — École française. Portrait de violoniste. Toile.

52 — École française (xviiie siècle). Portrait d'homme en costume vert brodé d'or et jabot de dentelle. Toile ovale. Cadre bois doré. Louis XVI.

53 — École française. Paysages avec rivière et torrent. Deux pendants sur toile.

54 — École française (xviiie siècle). Flore et Zéphir. Peinture sur cuivre.

55 — École française (xviiie siècle). Portrait d'homme en habit gris, son chapeau sous son bras. Pastel.

56 — École française (xviiie siècle). Petit portrait d'homme assis devant un bureau. Toile.

57 — École française. Renaud et Armide.

58 — École française. Sujet tiré de l'histoire romaine. Deux peintures sur toile.

59 — École française. Deux portraits de femmes brune et blonde, l'une en vestale.

60 — École française (xixe siècle). Paysage orné de figures et troupeau de vaches et moutons. Deux peintures sur toile.

61 — École française. Deux femmes, vues à mi-corps, enguirlandant de fleurs la tête d'un taureau. Toile.

62 — École française. Groupe de faunes, faunesse et amours avec chèvre dans un paysage. Toile.

63 — École française. Portrait de fillette tenant un mouton en carton. Panneau.

64 — École française (commencement du xixe siècle). Paysage avec groupe de figures mythologiques au premier plan. Toile.

65 — École française (xviiie siècle). Trumeau avec glace et peinture. Portrait de femme tenant un masque.

66 — École française. Femme se regardant dans un miroir, deux amours auprès d'elle. Toile.

67 — École française. La Diseuse de bonne aventure. Toile.

68 — Ecole française. Le Concert. Composition de trois figures. Toile.

69 — École française. Portrait d'abbé revêtu de blanc. Toile.

70 — École française. Portrait de femme vue de profil avec chapeau rouge, robe bleue; elle porte un panier de fleurs. Toile.

71 — École française (xviie siècle). Portrait de femme, légèrement tournée vers la droite, les cheveux bouclés et manteau retenu par une agrafe enrichie de pierres de couleur et perles. Toile.

72 — École française (xviie siècle). Portrait de femme, corsage vert et manteau de velours rouge.

73 — École française (xviiie siècle). Portrait de femme drapée d'un manteau de soie verte.

74 — École française (xviie siècle). Portrait de femme les cheveux poudrés, corsage marron et fourrure d'hermine. Toile.

75 — École française (xviie siècle). Petit portrait d'abbé les cheveux blancs bouclés. Toile.

76 — École française. Portrait de fillette la tête tournée vers la gauche. Toile.

77 — École française. Sujet tiré de l'histoire romaine. Peinture sur papier. Signée : *J. L. L.*

78 — École hollandaise. Paysage avec animaux et personnages. Toile.

79 — École hollandaise. Marine, navires de guerre hollandais. Grande toile.

80 — École hollandaise. Intérieur de camp avec cavaliers. Toile.

81 — École hollandaise. Combat de cavaliers. Petite peinture sur panneau rond.

82 — École hollandaise. Paysage avec fermes, animaux et nombreux personnages. Panneau.

83 — École hollandaise. Kermesse villageoise. Grande toile.

84 — École hollandaise. La Cuisinière surprise par son maître. Toile.

85 — École hollandaise. Portrait d'homme barbu, coiffé d'un petit chapeau avec plume. Toile.

86 — École hollandaise. Intérieur de cuisine. Toile.

87 — École hollandaise. Deux sujets : scènes de bataille. Panneau et toile.

88 — École hollandaise (xviie siècle). Petit portrait d'homme à grands cheveux, vêtu d'un manteau rouge, en buste simulant une sculpture sur un socle dans une niche. Cuivre.

89 — École hollandaise. Deux petits portraits de femmes en robes rouge et noire. Toile et cuivre.

90 — École hollandaise. Marine : navires jetés à la côte par la tempête. Toile.

91 — École italienne. Neptune et Amphitrite. Toile.

92 — École italienne. Moine et personnage sous un portique. Aquarelle.

93 — École italienne (xviie siècle). Amour brisant son arc. Toile.

94 — École italienne. Saint Jean-Baptiste assis dans un paysage. Toile.

95 — École italienne. Paysage avec au premier plan la Vierge, l'Enfant Jésus et saint Jean-Baptiste. Toile.

96 — École italienne. Vierge et Enfant et trois figures de Saints. Toile.

97 — École italienne. Tête de Vierge. Toile.

98 — École italienne. Ronde d'enfants nus. Panneau.

99 — École italienne. Paysage avec rivière, fond de ville, groupe de trois figures au premier plan. Toile.

100 — École italienne. Paysages, effet de lune et attaque d'une diligence par des brigands. Deux toiles faisant pendants.

101 — École italienne. Portiques de palais avec parc et groupe de personnages au premier plan. Toile.

102 — École italienne. Chevaux blanc et gris-pommelé. Deux petits dessus de portes sur toile. Cadres anciens en bois doré.

103 — École italienne. Paysages animés de nombreux amours. Toiles faisant pendants.

104 — École italienne. Paysage animé de nombreux personnages et canotiers regardant un couple de danseurs. Toile.

105 — Baré (E.). Jeune femme endormie tenant un livre. Panneau signé.

106 — Barnain. Deux marines. Toiles.

107 — Bénard. Cour de ferme avec chevaux. Deux petites peintures sur panneau faisant pendants.

108 — Berghem (Attribué à). Paysage avec ruines, cavalier, berger et troupeau de vaches. Toile.

109 — Boichard. Petit portrait de femme en robe rose. Panneau. Signé.

110 — Gardune. L'École des tambours. Toile signée et datée : *1890*.

111 — Boucher (Genre de François). Bergère et amours. Panneau.

112 — Boucher (D'après). Sujet pastoral. Toile.

113 — Bourdon (Genre de Sébastien). Portrait de femme en buste drapée d'un manteau de velours rouge. Toile.

114 — Breton (Jules). Nature morte : lapin.

115 — Chaplin (Ch.). Femme et amour. Dessin à la sanguine. Signé.

116 — Charlet (Attribué à). Personnage en habit bleu coiffé d'un chapeau haut de forme. Aquarelle.

117 — Clerisseau (Attribué à). Le Forum et Saint-Pierre de Rome. Deux dessins aquarellés.

118 — Cornu (J.-J.). Paysage avec ruines. Toile signée.

119 — De Marne (Attribué à). Paysage montagneux avec torrent, cavalier, berger et vache. Panneau.

120 — Faverot (J.). Scènes de cirque : Clowns. Deux toiles signées.

121 — Fortuny. Arabe jouant d'un instrument à cordes. Petite peinture sur panneau.

122 — Fournier-Lacoste. Paysage. Parc avec chien. Toile.

123 — Fromentin. Portraits d'Arabes. Deux études. Dessins aquarellés.

124 — Gonod d'Artemare. Paysage montagneux avec cavalier.

125 — Goubault. Vénus et l'Amour. Dessin au crayon. Signé et daté : *1788*.

126 — Grün. Nature morte. Terrine et langue de bœuf, sur une table avec draperie. Toile signée.

127 — Gudin. (Th.). Combat naval. Dessin.

128 — Hautel. Gibier pendu à un arbre. Toile signée.

129 — Henner (Genre de). Portrait de jeune fille en robe noire. Toile.

130 — Jacquemin (L.). Portrait de femme vêtue de blanc.

131 — J. D. Vue de la baie de Naples. Toile signée : *J. D.*, datée : *1831*.

132 — L. G. Marines : barques sur la grève. Toile.

133 — L. G. Basse-cour. Panneau.

134 — Combat de fantassins par temps de neige. Panneau.

135 — Lavieille (Eugène). Paysage : Entrée de village. Toile signée.

136 — LEPRINCE (Xavier). Paysanne endormie. Dessin rehaussé, signé et daté à gauche.

137 — LIEVIN. Vue d'un port : effet de nuit. Toile signée.

138 — LUTHERBURG (Attribué à J.) Paysage maritime avec troupeau, berger et bergère. Panneau.

139 — LUYSTRIAN. — Vierge portant l'Enfant Jésus avec figure de Saint. Toile signée et datée : *1601*.

140 — MARIE (A.). Atelier d'artiste sculpteur. Dessin à la plume signé et un fac-simili : soldats blessés sur une route par temps de neige.

141 — MAURIN (Ch.) Jeune femme se coiffant. Toile signée. — Femme buvant un verre d'absinthe. — Femme de brasserie.

142 — MAURIN (Ch.) Femme nue. Dessin aquarellé.

143 — MAURIN (Ch.). Portrait de comédien. Toile.

144 — MAURIN (Ch.) Composition décorative : figures et musiciens. Peinture sur toile.

145 — Miéris (W. Van). Sujet mythologique. Petit dessin crayon et lavis. Signé et daté : *1792* et un dessin au crayon, de l'École hollandaise : Festin.

146 — Moreth. Paysage avec torrent, animé de figures et animaux. Gouache signée et datée : *1810*.

147 — Palamèdes (Genre de). Convois de cavaliers. Deux pendants sur panneaux.

148 — Péris. Deux natures mortes. Toiles faisant pendants.

149 — Pinard. Mendiant et enfants. Panneau. Signé et daté : *1841*.

150 — Pineharr. Jeune femme fumant une cigarette, lisant le journal le *Figaro*. Toile signée.

151 — Poel (Attribué à Van der). Paysage avec moulin ; effet de neige.

152 — Reynolds (D'après sir Joshua). Portrait présumé de lady Francis Seymour. Grande toile.

153 — Sénès (Antony). La Nuit. Toile signée.

154 — Soussklier-Chaumet. Natures mortes : panier de cerises, assiettes de crevettes, cruche, bouteille, verre et pomme. Deux pendants sur toile et panneau.

155 — Sousselier-Chaumet. Nature morte : vase de lilas. Toile signée.

156 — Sousselier-Chaumet. Vase de chrysanthèmes sur fond de draperies bleues. Pastel.

157 — Thénot. Le Jeu de billes. Dessin.

158 — Thomson. Paysages avec ruisseau et étang. Deux aquarelles signées.

159 — Thomson. Paysages bords de rivières. Deux aquarelles signées faisant pendants.

160 — Thomson. Paysage maritime avec port. Toile signée.

161 — Turner (Genre de J.-M.-W.). Paysage avec rivière, grands arbres et rochers au premier plan ; effet de lever de soleil.

162 — Vallin (G.). Sujet mythologique. Panneau signé.

163 — Vanloo (D'après). Le Coucher. Gravure en couleur, par Chaponnier.

164 — Weber. Cardinal lisant une lettre dans le jardin d'un presbytère.

165 — Villa. Espagnole en riche costume, elle chante tenant une partition de musique et une mandoline. Importante toile.

166 — V. de V. Paysages avec étang, ruines, troupeaux, vaches et chèvres. Deux petites gouaches faisant pendants. Signées : *V. de V.*

FAIENCES, PORCELAINES

ANCIENNES ET MODERNES

167 — Deux cache-pot en faïence de Rouen, une tasse en biscuit de Wedgwood, un médaillon en terre cuite du général Lafayette, une coupe en porcelaine et un pot à gingembre en porcelaine de Chine laquée rouge.

168 — Pichet en ancienne faïence avec inscription : *A Jésus.*

169 — Deux assiettes en ancienne faïence de Delft et d'Aprey, une petite écuelle et une tasse pâte tendre de Tournay et Chantilly, et une plaque : Vierge et Enfant. Faïence de Rubelles.

170 — Potiche en porcelaine du Japon, décor polychrome, avec socle en bronze et une statuette d'homme assis en terre cuite.

171 — Un plat et deux statuettes en porcelaine de Chine, du Japon et de Sèvres moderne.

172 — Deux assiettes en ancienne porcelaine de Chine, décorée en émaux de couleurs.

173 — Deux saladiers, un plat à barbe, en ancienne faïence, et un compotier en grès.

174 — Deux plats en faïence de Nevers, de Montagnon, et un plat ovale en ancienne faïence de Strasbourg de Hannong, décor d'œillets en couleurs.

175 — Plat en ancienne faïence de Rhodes, décor en couleur à réserves sur fond vermicellé : fleurs et fruits.

176 — Grand plat à ombilic en ancienne faïence hispano-mauresque, à reflet métallique, décor à fleurs avec bleu.

177 — Plaque ovale et contournée en ancienne faïence de Delft, décor chinois en bleu.

178 — Statuette: fleuriste, six tasses et huit soucoupes, en porcelaines diverses, et un flacon avec sa soucoupe en verre.

179 — Trois compotiers à piédouche en ancienne faïence italienne, décor polychrome.

180 — Deux petits compotiers, deux assiettes et une coupe trilobée formant flambeau, en ancienne faïence de Delft, Rouen et Midi.

181 — Deux assiettes en ancienne faïence de Delft, décor bleu et polychrome.

182 — Bassin de forme ovale et contournée en ancienne porcelaine de Boisette, décorée de guirlandes de roses, feuillage et attributs en couleurs et dorure.

183 — Trois tasses, cinq soucoupes, deux petites coupes et un couvercle ovale de soupière en anciennes porcelaines de Chine et de l'Inde, décors en grisaille et émaux de couleurs.

MINIATURES

OBJETS DE VITRINE

ARGENTERIE

184 — Quatre petites gravures noires : les Quatre-Saisons, d'après Angélique Kauffman, gravées par Suntache, un éventail, une petite gouache sur vélin : Sainte Madeleine, figure découpée, et une cuiller en corne.

185 — Petit album de timbres-poste. Avec partie de collection.

186 — Coffret en ébène, un nécessaire de toilette à verre et couvercle en métal argenté.

187 — Porte-carte, porte-monnaie en écaille brune, peigne en cuivre et corail, bracelet avec plaques d'agate et un collier.

188 — Collier en or, orné de fausses perles et émeraudes.

189 — Porte-plume et crayon Louis XVI en ivoire et or, et deux éventails montures os, feuilles en soie pailletée.

190 — Cuiller à sucre en poudre, truelle à poisson, pelle à glace, fourchette et pelle à beurre en argent.

191 — Saladier en cristal, monture en argent.

192 — Brosse et plateau ramasse-miettes, une saucière, pinces à asperges et couvert à salade en métal blanc.

193 — Deux éventails, montures en nacre et ivoire ajouré, feuilles en papier et soie appliquée de dentelle.

194 — Cinq médaillons-reliquaires en argent et cristal de roche, avec miniature à l'intérieur. XVIIe siècle.

195 — Deux petites miniatures ovales : Portraits d'homme et femme. XVIIIe siècle.

196 — Deux miniatures, par GUTTROY, datées : *1839* : Portraits d'homme et femme. Cadres en citronnier et bronze doré.

197 — Deux miniatures ovales : Portrait de fillette et garçon.

198 — Boîte ronde en écaille brune cerclée d'or et une tabatière en ivoire.

199 — Trois boîtes, en ponponne Louis XVI, en galuchat et en ébène avec gouache.

200 — Un lot de monnaies anciennes.

201 — Trois pipes anciennes et un calibre de cordonnier en bois sculpté.

202 — Une tabatière et un petit flacon en buis sculpté, décor à corbeille de fleurs et trophées d'attributs. XVIIIe siècle. Plus une navette en bois sculpté avec figure.

203 — Petit coffret à couvercle légèrement bombé, en écaille, avec ornements appliqués en argent ajouré, partiellement émaillé. XVIIe siècle.

204 — Deux profils-appliques : Louis XVI et Marie-Antoinette, en bronze doré, et une médaille en étain : Profil de Catherine II.

205 — Un portefeuille en velours, appliques en argent, et un bracelet en pierres dures.

206 — Quatre agrafes d'escarcelles en fer ajouré et gravé. XVIIIe siècle.

207 — Aumônière en velours brodé de métal à décor d'écusson, à armoiries et fleurs de lys. XVIIe siècle.

208 — Châtelaine acier avec breloques et une montre en cuivre ajouré à rinceaux et oiseaux sur fond émaillé vert. XVIIIe siècle.

209 — Plateau en argent repoussé, une cuiller et une pince à sucre également en argent.

210 — Corbeille à anse en métal argenté repoussé.

211 — Deux salières Empire en argent gravé et repoussé, à trépied.

212 — Montre en argent Louis XVI.

213 — Porte-huilier en argent, décor mascarons et sujets allégoriques. Époque Empire.

214 — Amulette russe en bronze : Saint Georges terrassant le dragon, et une monture d'escarcelle en argent.

215 — Fermoir de livre en or filigrané.

216 — Porte-huiliers en argent repoussé. Époque Empire.

217 — Porte-huiliers en argent, décor de guirlandes. XVIIIe siècle.

218 — Paire de flambeaux en argent, décor de cannelures, perles et entrelacs. XVIIIe siècle.

219 — Nécessaire de voyage, comprenant : un couvert, un couteau, un tire-bouchon, un flacon à épices et un verre, dans un écrin forme tonnelet en maroquin rouge. Commencement du XIXe siècle.

220 — Verseuse en argent, à trépied, déversoir à godrons, et décor d'entrelacs et palmettes. Manche en bois tourné. Époque Empire.

221 — Étui-nécessaire en argent, décor de rocailles et fleurs.

222 — Étui-nécessaire de dessinateur en argent, démuni de ses accessoires, décors rocailles, fleurs et imbrications.

223 — Etui-nécessaire en argent, avec ustensiles, décor draperies, feuillage et chiffre : J. P. L.

224 — Montre en or ciselé et guilloché, à répétition, décor de médaillon, à attributs de l'amour et de l'amitié et festons de feuillages. Le cadran marqué : *Chevalier et Compagnie.* Époque Louis XVI.

225 — Montre en or ciselé et guilloché, décor médaillon chien et panier de fleurs ; encadre-

ment festons de feuillages et fleurettes. Le cadran marqué : *Dque Prevost, à Toulouse.* Époque Louis XVI.

226 — Couteau de poche, à lame d'acier, manche en or ciselé, décor de rinceaux feuillagés et médaillons à vases. Dans son étui en galuchat. Fin du XVIIIe siècle.

227 — Étui à aiguilles, en or émaillé en couleur, décor de rosaces dans des losanges, et palmettes. Fin du XVIIIe siècle.

228 — Deux monnaies anciennes en or.

229 — Trois miniatures : Portraits de femme, dont une dans un écrin en peau de serpent.

230 — Miniature ronde, peinte en grisaille : Sujet allégorique, avec devise : *Ils sont bien d'accord.* Époque Louis XVI.

231 — Éventail à monture d'ivoire découpé et médaillons peints ; feuille peinte à la gouache : place publique animée de personnages, et ruines. XVIIIe siècle.

OBJETS DIVERS

SCULPTURES, GLACES, ARMES

232 — Buste de femme en plâtre teinté. Style Louis XV.

233 — Petite horloge de bureau en cuivre, du XVIIe siècle, un vase étrusque en terre et un plat ovale en ancienne porcelaine de Paris.

234 — Sabre japonais, fourreau en os sculpté à sujets guerriers.

235 — Neuf pièces diverses en fer, cuivre et métal : crémaillère, bougeoir, fermoir de livre, lampe juive, sonnette couteau et un encrier en ancienne faïence de Rouen.

236 — Reliquaire, formé d'un reliquaire de sainte femme revêtu d'argent. XVIIe siècle.

237 — Petit coffret rectangulaire en cuir giselé et doré.

238 — Soupière couverte à anses oreilles, et son plateau, en étain, décor de guirlandes de fleurs et godrons.

239 — Manette en émail champlevé.

240 — Boîte à châle en laque, noire et rouge du Japon.

241 — Croix en métal argenté à fleurons, XVIIe siècle.

242 — Croix en cuivre, à rinceaux partiellement émaillée, ornée de peintures : Christ et figures.

243 — Lot d'ornements : poignées-appliques en fer.

244 — Fort lot d'ornements en cuivre et bronze : poignées, entrées de serrures, chutes, etc. (Sera divisé.)

245 — Deux fragments de chapiteaux, formant applique, en bois sculpté, décor de feuillages et bustes. XVIIe siècle.

246 — Petit buste d'homme en bois sculpté, drapé dans un manteau. XVIIe siècle.

247 — Coffret rectangulaire en marqueterie de bois de couleur, à vases chargés de fleurs et gerbes de feuillages et fleurettes. XVIIIe siècle.

248 — Deux jeux d'échecs en ivoire.

248 *bis* — Petite boîte à jetons en palissandre incrusté de nacre, avec jetons en nacre gravé.

249 — Jeu d'échec en ivoire et en éventail. Style japonais.

250 — Petit canon en bronze, sur affût et roues en bois peint et fer. XVIIe siècle.

251 — Tromblon espagnol ancien en fer damasquiné, crosse en bois incrusté de cuivre, à rinceaux feuillagés, et un fusil turc, canon et crosse également ornés d'incrustations d'argent et cuivre.

252 — Grande rapière, poignée en bronze gravé.

253 — Massue, hache, poignard oriental, boîte à poudre.

254 — Paire de cymbales et banjo, et une tête d'ange en bois sculpté.

255 — Petit panorama en carton peint : fort avec soldats de plomb.

256 — Petit van mécanique en bois et fer.

257 — Console-support, avec décor et niche avec Christ en bois sculpté peint et doré. XVIIIe siècle.

258 — Douze médaillons en plâtre, par BURRE, représentant des membres de la famille d'Orléans.

259 — Trois sabres, deux épées et une paire de pistolets.

260 — Cadre italien en bois sculpté doré.

261 — Collection de boutons.

262 — Deux boîtes à jetons en os et ivoire,

263 — Lot d'objets divers : bonbonnières, boîtes, cachets, écrin en maroquin rouge, pupitre.

264 — Jardinière en marqueterie de bois de rose et plaques en porcelaine genre Sèvres, et deux petits coffrets en bois.

265 — Petit groupe de Laocoon en albâtre sculpté.

266 — Cinq panneaux de boiserie en bois sculpté, à motifs de feuillages et rocailles. Époque Louis XV.

267 — Statuette de Vierge et Enfant Jésus en bois sculpté polychromé.

268 — Cadre en bois sculpté doré, à colonnettes torses. Style Renaissance.

269 — Deux grands cadres en pâte dorée.

BRONZES & MEUBLES

270 — Pendule, formée d'une statuette d'Hercule en bronze patiné, de l'époque Empire, supportant un mouvement en forme de tonnelet.

271 — Douze pièces provenant de meubles, en bronze patiné.

272 — Presse-papier, formé d'un petit groupe en bronze patiné Empire : Amour tirant de l'arc, sur socle en marbre de couleur.

273 — Paire d'appliques à trois lumières, à rinceaux, décor de cannelures, fleurs et ruban simulé, en bronze ciselé et doré.

274 — Garniture de cheminée en marbre blanc veiné et bronze doré, composée d'une coupe ovale formant jardinière et deux vases. Style Louis XV.

275 — Coupe ronde en émail cloisonné.

276 — Deux chevaux cabrés, bronze patiné, sur socles en marbre.

277 — Coupe en bronze patiné, pied à buste de femme. *Édition Barbedienne.*

278 — Paire de chenets, modèle à vases, avec galerie à balustre, en bronze doré. Style Louis XVI.

279 — Paire de candélabres à trois lumières en bronze patiné. Style antique.

280 — Paire de girandoles en bronze argenté, à quatre lumières, de style Louis XV.

281 — Autre paire de girandoles en bronze argenté et doré, branchage à six lumières, supporté par une statuette d'enfant.

282 — Taureau. Bronze patiné.

283 — Statuette de chanteur florentin. Bronze patiné.

284 — Lustre fait d'une lampe juive en bronze. XVIIIe siècle.

285 — Modèle de bureau à cylindre en noyer.

286 — Pied-support Louis XIII en noyer incrusté d'os, à pied tors.

287 — Console en bois sculpté, peint noir et doré, à quatre pieds. Époque Empire.

288 — Petit billard en noyer, à six pieds. XVIIe siècle.

TAPISSERIES-ÉTOFFES

TAPIS

289 — Feuille d'écran en tapisserie, médaillon ovale, attributs champêtres dans un parc.

290 — Petit panneau en soie brodée à la chenille de fleurs et chiffres.

291 — Six garnitures de coussins en tapisserie à la main.

292 — Tapis d'Aubusson fond vert, à fleurs rouges et corbeille de fleurs au centre en losange de fleurs de lis et roses sur fond brun.

293 à 298 — Six tapis d'Orient à dessins variés.

www.ingramcontent.com/pod-product-compliance
Ingram Content Group UK Ltd.
Pitfield, Milton Keynes, MK11 3LW, UK
UKHW020507180726
13839UKWH00004B/1948